作者介紹

陶樂蒂

生於台灣台北市，法律學碩士，喜歡畫圖才開始投入創作，
因而加入成為「圖畫書俱樂部」的一員，開始繪本創作的生涯。
曾獲第九屆陳國政兒童文學獎圖畫書類首獎及第十四屆信誼幼兒文學獎佳作獎。
除了兒童繪本創作，也為多位知名作家繪製封面及插圖。
創作風格明亮、溫柔，喜歡使用大塊面繽紛的色彩。
已出版的兒童繪本為《誕生樹》、《好癢！好癢！》、《陶樂蒂的開學日》等書。
目前與同樣是繪本作家的先生定居於台北，持續從事著繪本創作、插畫與寫作的工作。

繪本 0251

故事音檔下載

國語版　　臺語版

作繪者｜陶樂蒂

責任編輯｜黃雅妮
美術設計｜蕭雅慧
封面設計｜林家蓁

天下雜誌群創辦人｜殷允芃
董事長兼執行長｜何琦瑜
兒童產品事業群
副總經理｜林彥傑
總編輯｜林欣靜
主編｜陳毓書
版權專員｜何晨瑋、黃微真

出版者｜親子天下股份有限公司
地址｜台北市 104 建國北路一段 96 號 4 樓
電話｜（02）2509-2800　傳真｜（02）2509-2462
網址｜www.parenting.com.tw
讀者服務專線｜（02）2662-0332　週一～週五：09:00-17:30
讀者服務傳真｜（02）2662-6048　客服信箱｜bill@cw.com.tw

法律顧問｜台英國際商務法律事務所．羅明通律師
製版印刷｜中原造像股份有限公司
總經銷｜大和圖書有限公司　電話（02）8990-2588
出版日期｜2013 年 7 月第一版第一次印行
　　　　　2020 年 7 月第二版第一次印行
　　　　　2022 年 5 月第二版第五次印行

定價｜260 元
書號｜BKKP0251P
ISBN｜978-957-503-619-5（精裝）

訂購服務
親子天下 Shopping｜shopping.parenting.com.tw
海外、大量訂購｜parenting@cw.com.tw
書香花園｜台北市建國北路二段 6 巷 11 號　電話（02）2506-1635
劃撥帳號｜50331356　親子天下股份有限公司

立即購買 >

睡覺囉！

文·圖 陶樂蒂

上床睡覺囉！

來，抓抓癢
睡覺囉！

誰睡著了？

小狗睡著了。

抓抓肚子
睡覺囉！

誰睡著了？

積木睡著了。

鴨子睡著了。

小熊睡著了。

寶寶睡著了。

噓……

晚安，寶貝。